ここにいるよ

宙舞えみり

はじめに

突然《とつぜん》ですが、動物《どうぶつ》は、好《す》きですか？

なかには、苦手《にがて》な動物《どうぶつ》がいたり、あまり興味《きょうみ》を抱《いだ》かない方《かた》もいらっしゃるかもしれませんね。わたしは、総《そう》じて生《い》き物《もの》が好《す》きです。小《ちい》さいときから外飼《そとが》いですが、ずっと犬《いぬ》が一緒《いっしょ》でした。今《いま》は、複数《ふくすう》の小動物《しょうどうぶつ》と一緒《いっしょ》に暮《く》らしています。ほんの少《すこ》し、できれば遭遇《そうぐう》を避《さ》けたいと思《おも》ってしまう生《い》き物《もの》もいますが……。水族館《すいぞくかん》でのショーを見《み》ていると、たいていウルっとしてしまうんです。ひととの絆《きずな》を見《み》せてくれる彼《かれ》らの健気《けなげ》な姿《すがた》に、毎回《まいかい》こみあげてくるものがあります。

ひとと動物《どうぶつ》は、どこまで仲良《なかよ》くなれるのでしょう。信頼《しんらい》と愛《あい》の絆《きずな》は、動物《どうぶつ》との間《あいだ》にも存在《そんざい》しえるものなのでしょうか。命《いのち》がつながっているとしたら、きっと、きっと可能《かのう》なのかもしれないという希望《きぼう》を持《も》ちつづけたいと思《おも》いました。お互《たが》いを思《おも》い合《あ》う気持《きも》ちが通《つう》じ合《あ》うことを願《ねが》って！　コトバを超《こ》えた、本当《ほんとう》の真実《しんじつ》の世界《せかい》が存在《そんざい》すること、そんな世界《せかい》に住《す》んでみたいといつも思《おも》っています。

すでに、そんな素敵《すてき》な世界《せかい》を体験《たいけん》されている方《かた》が、いらっしゃるのかもしれません。わたしはいつも動物《どうぶつ》たちから、癒《いや》してもらうばかりですが、恩返《おんがえ》しできることがあれば、喜《よろこ》んで力《ちから》になりたいと思《おも》っています。

目次《もくじ》

主《おも》な登場人物《とうじょうじんぶつ》

ミシェル：オウム好《ず》きな少年《しょうねん》

ジョフィ：オウム（オス）

フレディ：エンターテナーになるのが夢《ゆめ》

一《いち》の章《しょう》　10歳《さい》の誕生日《たんじょうび》

そこは、別名《べつめい》バード・パラダイスといわれる島《しま》。南半球《みなみはんきゅう》にある、四方《しほう》が海《うみ》に囲《かこ》まれた小《ち》さな島《しま》。ボートでしかたどり着《つ》くことができない場所《ばしょ》。無人島《むじんとう》。そんな小《ち》さな島《しま》だけど、緑《みどり》が茂《しげ》る豊《ゆた》かな森《もり》と草原《そうげん》が映《は》える美《うつ》しい風景《ふうけい》は、小《ち》さな動物《どうぶつ》たちにとって、まさに楽園《らくえん》そのものだった。

目《め》を楽《たの》しませてくれる色鮮《いろあざ》やかなカラフルな鳥《とり》たち、小動物《しょうどうぶつ》たちはエサに困《こま》ることなく、自然《しぜん》のなかで見事《みごと》に循環《じゅんかん》されたひとつの王国《おうこく》といえるだろうか。ニンゲンが居住《きょじゅう》することはなく、遥《はる》か昔《むかし》からずっと、神々《かみがみ》に護《まも》られていた場所《ばしょ》だったに違《ちが》いない。

野生《やせい》の動物《どうぶつ》たちは、しあわせそのもの。たまに姿《すがた》を見《み》せるニンゲンへの警戒心《けいかいしん》もなく、フレンドリーだった。島《しま》へやってくるニンゲンは皆《みな》、暗黙《あんもく》のルールをきちんと守《まも》っていた。自然《しぜん》を壊《こわ》さないよう、動物《どうぶつ》たちの生活《せいかつ》を脅《おびや》かすようなことはしないよう、あくまでも島《しま》の本来《ほんらい》の姿《すがた》を存続《そんぞく》できるよう、訪《おとず》れるすべてのニンゲンは理解《りかい》していた。

が、しかし……。

そんな素敵《すてき》な島《しま》があるという噂《うわさ》が、一部《いちぶ》のニンゲンたちの間《あいだ》で静《しず》かに広《ひろ》まっていたようだ。どうしても飼《か》うことができなくなって、仕方《しかた》なく手放《てばな》すことを決《き》めたニンゲンが、鳥《とり》たちの最期《さいご》の安住《あんじゅう》の場《ば》所《しょ》として選択《せんたく》し、このバード・パラダイス島《とう》へと連《つ》れてきて、置《お》き去《ざ》りにするという事態《じたい》が起《お》きるようになっていた。

島《しま》の門番《もんばん》と呼《よ》ばれるひとも、管理《かんり》する者《もの》もいない。ただの自然《しぜん》と野生《やせい》の動物《どうぶつ》たちが存在《そんざい》しているだけの島《しま》である。命《いのち》の循環《じゅんかん》が調和《ちょうわ》そのものであり、神《かみ》の法則《ほうそく》ともいえるのではないだろうか。人智《じんち》には到底及《とうていおよ》ばない、宇宙《うちゅう》の計《はか》らいだけが存在《そんざい》していると思《おも》いたい。なぜなら、それこそが完璧《かんぺき》なはずだから。いつだってそう。すべては、常《つね》に完璧《かんぺき》な世界《せかい》が存在《そんざい》している。わたしたちニンゲンも、きっとそうなのだと思《おも》う。

今日《きょう》は、少年《しょうねん》ミシェルの10歳《さい》のお誕生日《たんじょうび》。大好《だいす》きな相棒《あいぼう》のジョフィも、なんとなくそわそわとうれしそうにしている。お母《かあ》さんはおいしいものを作《つく》ろうとキッチンでひとり、はりきっていた。ケーキを焼《や》いて、サラダとスープも作《つく》って、あとはメインのお料理《りょうり》の仕込《しこ》みとジョフィにも特別《とくべつ》メニューをと、鼻歌交《はなうたま》じりでルンルンだ。ジョフィは待《ま》ちきれないのか、「ハッピバースデー　トゥ～」と、ひとりで歌《うた》っている。

ジョフィは、ミシェルが5歳《さい》の時《とき》から一緒《いっしょ》に過《す》ごしている、タイハクオウムという真《ま》っ白《しろ》なオウムだ。ミシェルが動物園《どうぶつえん》で初《はじ》めてオウムを見《み》たとき、すっかり気《き》にいってしまったのだ。他《ほか》にも色《いろ》とりどりのきれいな羽毛《うもう》のオウムもいっぱいいたけれど、ミシェルはなぜか、真《ま》っ白《しろ》のオウムに惹《ひ》かれた。

鳥《とり》とおしゃべりできるなんて、夢《ゆめ》のようだった。ミシェルは動物《どうぶつ》園《えん》から帰宅《きたく》すると、とりつかれたように、オウムの動画《どうが》を毎日毎日《まいにちまいにち》見《み》るようになっていた。毎月《まいつき》、動物園《どうぶつえん》へ連《つ》れて行《い》ってほしいと訴《うった》えるようになった。そんな少年《しょうねん》を見守《みまも》っていたミシェルの両親《りょうしん》は、ある日《ひ》、プレゼントすることに決《き》めたのである。ミシェルの両親《りょうしん》は、息子《むすこ》の喜《よろこ》ぶ顔《かお》と驚《おどろ》く顔《かお》を想像《そうぞう》すると、その日《ひ》が待《ま》ち遠《どお》しくてしかたがなかった。

ついにその日《ひ》はやってきた。幼稚園《ようちえん》から戻《もど》ったミシェルは、いつものように動画《どうが》を夢中《むちゅう》になって見《み》ていた。いつもより早《はや》く帰宅《きたく》した父親《ちちおや》。荷物《にもつ》らしき箱《はこ》を大事《だいじ》そうにもち帰《かえ》ってきた。

「ミシェル、こちらに来《き》てごらん！　一緒《いっしょ》にこの箱《はこ》を開《あ》けてみないか」

「ちょっと待《ま》って、パパ。あと少《すこ》し……」

いつものように、にこやかな父親《ちちおや》の待《ま》つところへミシェルがいくと、箱《はこ》の中《なか》からなにやらがさごそと音《おと》がしていた。一瞬《いっしゅん》、不安《ふあん》そうな表情《ひょうじょう》をするミシェル。

「なぜ、音《おと》がするの？　なにが入《はい》っているの？」

「さあミシェル、そーっと一緒《いっしょ》に開《あ》けてみようか」

箱《はこ》を開《あ》けてみると、真《ま》っ白《しろ》なオウムが出《で》てきた。

「ワ～オ！　パパ、どうしたの？」

「ミシェルへの、パパとママからのプレゼントだよ！」

「本当《ほんとう》に？　ボクのオウムのお友《とも》だち？　飼《か》ってもいいの？」

「ああ、そうだよ。気《き》にいってくれたかな」

「もちろんだよ！　ボク、すごくうれしいよ。ありがとう」

部屋《へや》の入口《いりぐち》からそっと見守《みまも》っていたママも、ミシェルのそばへ来《く》ると、ミシェルを抱《だ》きしめた。

「よかったわね、ミシェル。仲良《なかよ》くしようね。一緒《いっしょ》に大事《だいじ》に育《そだ》ててあげようね」

「うん、ママ。ずっと友《とも》だちでいる！　だって、オウムは長生《ながい》きするんでしょ。今日《きょう》は最高《さいこう》の日《ひ》だよ。パパ、ママ、本当《ほんとう》にありがとう。キミに出会《であ》えてうれしいよ」

ミシェルはそう言《い》うと、そのオウムの目《め》をじっと見《み》つめて笑《わら》いかけるのだった。

「この子《こ》の名前《なまえ》を考《かんが》えなくてはね。ミシェル、考《かんが》えられるかい？」

「うん、わかった。いい名前《なまえ》、考《かんが》えるよ！」

ミシェルは、新《あたら》しく家族《かぞく》の一員《いちいん》となったオウムの名前《なまえ》を、あれこれと考《かんが》えるのだった。ボクの相棒《あいぼう》。ボクの大事《だいじ》な友《とも》だち。ずっとずっと大切《たいせつ》に、仲良《なかよ》く楽《たの》しく過《す》ごせたらいいな。

「ジョフィ。ジョフィでどうかな。いい名前《なまえ》だと思《おも》わない？」

ミシェルはオウムに向《む》かって、つぶやいた。すると、オウムの反《はん》応《のう》は。

「クックックッ」

そう鳴《な》きながら、体《からだ》を揺《ゆ》らしたのだった。ミシェルは、「いいよ」

とオウムが返事《へんじ》をしてくれたのだと思《おも》った。

そして、それから5年《ねん》の間《あいだ》、ミシェルとジョフィは大《だい》の仲良《なかよ》しとして、お互《たが》いに成長《せいちょう》してきた。ジョフィはコトバを覚《おぼ》え、歌《うた》も歌《うた》えるようになり、たまにダンスをすることもあった。なかでも「ビリージーン」の曲《きょく》は、ジョフィのお気《き》に入《い》りのようだった。ミシェルの生活《せいかつ》は、ジョフィなしには成《な》り立《た》たないくらい、深《ふか》い愛情《あいじょう》と絆《きずな》ができあがっていたのである。こうして、ミシェルは10歳《さい》のお誕《たん》生日《じょうび》を迎《むか》えることとなった。

学校《がっこう》での授業《じゅぎょう》を終《お》えて、大急《おおいそ》ぎで帰宅《きたく》したミシェル。部屋《へや》の中《なか》でジョフィとスキンシップを楽《たの》しんだり、新《あたら》しい芸《げい》を教《おし》えようと遊《あそ》んでいた。ところが、ご馳走準備中《ちそうじゅんびちゅう》のママが急用《きゅうよう》を思《おも》いだし、車《くるま》でででかけることとなり、留守番《るすばん》をすることになったミシェルとジョフィ。
「いってらっしゃ～い、ママ。気《き》をつけてね。ジョフィといい子《こ》で待《ま》ってるよ！」
「ありがとう、ミシェル。急《いそ》いで行《い》ってくるわ。ジョフィもお留守《るす》番《ばん》、お願《ねが》いね」

それからわずか数十分後《すうじゅっぷんご》、事件《じけん》は起《お》きた。とても悲《かな》しい事件《じけん》が……。

オウムや大型《おおがた》インコは、雄《お》たけびといわれる大声《おおごえ》を出《だ》すのが習性《しゅうせい》である。それ故《ゆえ》、飼《か》い主《ぬし》として、防音対策《ぼうおんたいさく》は必《かなら》ず必要《ひつよう》なこと。住宅《じゅうたく》が密集《みっしゅう》している場所《ばしょ》は避《さ》けた方《ほう》が無難《ぶなん》かと思《おも》われる。呼《よ》び鳴《な》きだったり、さびしさや不満《ふまん》だったり、賢《かしこ》くて感情豊《かんじょうゆた》かな生《い》き物《もの》なので、飼《か》うことを決《き》めるときは、苦情《くじょう》を寄《よ》せられないためにも、きちんとした対処法《たいしょほう》を検討《けんとう》しておかなければならないといわれている。

二階《にかい》の部屋《へや》で音楽《おんがく》を聞《き》きながら遊《あそ》んでいたミシェルたちは、物音《ものおと》がしたのをキャッチした。

「あれ？　もうママ、帰《かえ》ってきたのかな」

ジョフィが突然《とつぜん》、大声《おおごえ》で鳴《な》きだした。なにか、異変《いへん》を感《かん》じたのだ。

「ジョフィ、急《きゅう》にどうしたの？　大声《おおごえ》はよくないよ。し・ず・か・に・ね」

部屋《へや》のとびらがいきなり開《ひら》くと、ひとりの男《おとこ》が近《ちか》づいてきた。

「おじさん、誰《だれ》なの？」

「そのうるさい鳥《とり》を始末《しまつ》しに来《き》たんだよ」

「そんなの、だめだよ。ボクの大事《だいじ》な友《とも》だちなんだ！」

「うるさい。つべこべ言《い》うんじゃない！　坊《ぼう》や、じっとしていりゃ、すぐ終《お》わるさ」

「いやだ！　絶対《ぜったい》、渡《わた》さないよ」

「ジョフィ、外《そと》へ逃《に》げるんだ！　今《いま》、窓《まど》をあけるからね」

ミシェルは少《すこ》し高《たか》い窓《まど》をあけようと、窓《まど》の近《ちか》くへ移動《いどう》した。ジョフィはミシェルの肩《かた》にいて、離《はな》れようとしなかった。

「だめだよ。ジョフィ、早《はや》く逃《に》げて！　ボクは大丈夫《だいじょうぶ》だから」

ミシェルはジョフィを捕《つか》まえると、窓《まど》のサンの縁《ふち》から身《み》を乗《の》り出《だ》しながら、外《そと》へとジョフィを投《な》げるように放《はな》った。その瞬間《しゅんかん》、ミシェルはバランスをくずし、真《ま》っ逆《さか》さまに落《お》ちた……。そこへちょうど、ママが車《くるま》で戻《もど》ってきたけれど、ミシェルはコンクリートの地《じ》面《めん》に叩《たた》きつけられてしまう。

「ミシェール」

ママの絶叫《ぜっきょう》が響《ひび》いた。ミシェルに駆《か》け寄《よ》り声《こえ》をかけるが、ミシェルはぐったりとしていて、なんの反応《はんのう》もない。近《ちか》くの木《き》の上《うえ》で、ジョフィは大声《おおごえ》で鳴《な》いていた。しばらくして、救急車《きゅうきゅうしゃ》のサイレンの音《おと》が近《ちか》づいてきた。道路《どうろ》を挟《はさ》んだ向《む》かいの家《いえ》の住人《じゅうにん》が、どうやら電話《でんわ》で要請《ようせい》してくれたようだった。ミシェルの家《いえ》に侵入《しんにゅう》した男《おとこ》は、いつのまにか逃《に》げ出《だ》していて、誰《だれ》にも顔《かお》を見《み》られることなく姿《すがた》を消《け》していた。

病院《びょういん》へ運《はこ》ばれたミシェル。病院《びょういん》の待合室《まちあいしつ》で、泣《な》き崩《くず》れる半狂乱《はんきょうらん》のママを抱《だ》きしめるパパの姿《すがた》が、あまりにも痛々《いたいた》しかった。ミシェ

ル に下《くだ》された診断《しんだん》は、下半身《かはんしん》の骨折《こっせつ》と脳挫傷《のうざしょう》で意識《いしき》が戻《もど》らず、予断《よだん》を許《ゆる》さないとても深刻《しんこく》な状況《じょうきょう》となった。かろうじて自発呼吸《じはつこきゅう》はできているが、いつ止《と》まるとも限《かぎ》らない厳《きび》しい状態《じょうたい》との宣告《せんこく》も受《う》けたのである。医師《いし》たちも誠意《せいい》を尽《つ》くし、少年《しょうねん》の生命力《せいめいりょく》を祈《いの》るばかりとなった。

神《かみ》さま、どうかミシェルを、元《もと》の元気《げんき》な姿《すがた》にお戻《もど》しください。今日《きょ》は、彼《かれ》の10歳《さい》の誕生日《たんじょうび》だったんですよ。なぜ、こんな悲《かな》しくて痛《いた》い目《め》に合《あ》わなければならなかったのでしょうか。家族《かぞく》みんなでお祝《いわ》いできることを、心待《こころま》ちにしていたんですよ。それなのになぜ……、こんなことが起《お》きてしまったのでしょう。

ミシェルはひとり、ベッドの上《うえ》で懸命《けんめい》に生《い》きていた。家族《かぞく》の呼《よ》びかけに、目《め》を開《あ》けることはなかったが、がんばっていた。ジョフィは、ミシェルのいなくなった部屋《へや》で、ひとりで遊《あそ》ぶしかなかったが、やはりさびしさをどうすることもできなかったのではないだろうか。雄《お》たけびが激《はげ》しく、それが終《お》わると、毛引《けび》きをするようになっていた。ママの落《お》ちこみようは、見《み》るに堪《た》えないほど明《あき》らかで、げっそりとして、生気《せいき》さえ失《うしな》われているかのようだった。

ミシェルの誕生日《たんじょうび》から約一《やくいっ》か月後《げつご》、最先端《さいせんたん》の治療《ちりょう》も虚《むな》しく、大《だい》好《す》きなパパとママに見守《みまも》られて、少年《しょうねん》ミシェルは10歳《さい》という生涯《しょうがい》を閉《と》じることとなった。大勢《おおぜい》の祈《いの》り届《とど》かず、天国《てんごく》へと旅立《たびだ》ってしまった。わが子《こ》を亡《な》くした両親《りょうしん》の悲《かな》しみは、どれほどのものであろうか。想像《そうぞう》することさえ、胸《むね》が苦《くる》しくなるような、でも、きっと、それ以上《いじょう》の複雑《ふくざつ》な感情《かんじょう》を体験《たいけん》されているのだろうことを憶測《おくそく》する。

ミシェルの魂《たましい》は、すでに体《からだ》から離《はな》れていた。そして、眼下《がんか》に両親《りょうしん》の姿《すがた》を見《み》ていた。「パパ。ママ。なぜ、泣《な》いているの？　ボクはここにいるよ。ねえ、ねえ」

ミシェルは何度《なんど》も、両親《りょうしん》に話《はな》しかけるのだが、一向《いっこう》に聞《き》こえていない様子《ようす》だった。

「ボクの声《こえ》、聞《き》こえていないの？　ボクだよ。ミシェルだよ」

そう、ミシェルは言《い》いながら、両親《りょうしん》に触《ふ》れるが、ミシェルの手《て》は素通《すどお》りしてしまう。

「なんで触《さわ》れないの。ボク、透明《とうめい》ニンゲンになっちゃったのかな？」

病室《びょうしつ》のベッドに寝《ね》ている少年《しょうねん》の顔《かお》を見《み》て、ミシェルは唖然《あぜん》とする。

「これは、ボクなの？　ボクのこの体《からだ》は、本物《ほんもの》じゃないの？」

目の前《まえ》に見《み》えている少年《しょうねん》の体《からだ》は、微動《びどう》だにしない。その体《からだ》を抱《だ》きしめて、両親《りょうしん》は泣《な》き崩《くず》れていた。ボク、もしかして死《し》んじゃったの？　そういうこと？　ジョフィはどこ？　そう思《おも》った瞬間《しゅんかん》、ミシェルは自宅《じたく》の部屋《へや》に移動《いどう》していた。久《ひさ》しぶりに、ジョフィと再会《さいかい》した。「ジョフィ、ボクだよ。わかるよね」

ジョフィと目《め》が合《あ》った。ミシェルはうれしくなって、ジョフィをやさしく撫《な》でる。ジョフィは、ミシェルを感《かん》じていたようだ。ふたりで言葉《ことば》を交《か》わすのだけれど、部屋《へや》では、ジョフィの鳴《な》き声《ごえ》だけが響《ひび》いていた。

ミシェルが亡《な》くなって半年後《はんとしご》、深《ふか》い悲《かな》しみから立《た》ち直《なお》ることができないママの体調《たいちょう》は、少《すこ》しもよくなる兆《きざ》しが見《み》えないでいた。パパは苦渋《くじゅう》の決断《けつだん》を迫《せま》られることとなる。ジョフィを仕方《しかた》なく、手放《てばな》すことをようやく選択《せんたく》したのである。いろいろと調《しら》べた結果《けっか》、遠《とお》く離《はな》れた南《みなみ》の島《しま》に、バード・パラダイスという小《ちい》さな島《しま》があることをつきとめた。ジョフィの様子《ようす》も万全《ばんぜん》ではなかった。ミシェルがいなくなったことへのストレスが、多分《たぶん》に想像《そうぞう》できたのである。オウムの仲間《なかま》と暮《く》らすことが、この先少《さきすこ》しでも、ジョフィのためになるのではないか。そんなふうに、パパは考《かんが》えるに至《いた》ったのだ。申《もう》し訳《わけ》ない気持《きも》ちも、もちろんあったが、ジョフィのしあわせな時間《じかん》を願《ねが》った。

しばらくして、長期休暇《ちょうききゅうか》を取《と》ったパパとママのふたりは、ジョフィを連《つ》れて、〝鳥《とり》の楽園《らくえん》〟と呼《よ》ばれるバード・パラダイスへと旅《たび》立《だ》った。ジョフィの残《のこ》りの生涯《しょうがい》を、しあわせに過《す》ごしてもらいたいというその一念《いちねん》で。

二《に》の章《しょう》　転生《てんせい》

ミシェルは草原《そうげん》のような場所《ばしょ》で、ひとり、遊《あそ》んでいた。そこは美《うつく》しい自然《しぜん》にあふれ、なにかに不自由《ふじゆう》することもない、安心《あんしん》できるとても素敵《すてき》な場所《ばしょ》だった。存在《そんざい》しているだけで、喜《よろこ》びにあふれているというか、いつも満《み》たされた気分《きぶん》を味《あじ》わっていたのである。あるとき、ひとりの美《うつく》しい女神《めがみ》さまのような女《おんな》のひとが、ミシェルの元《もと》へやって来《き》た。

「坊《ぼう》や、こんにちは。気分《きぶん》はどうかしら?」

「うん、なんの心配《しんぱい》もなくて、いつも最高《さいこう》の気分《きぶん》だよ」

「それはよかった。そろそろ、新《あたら》しい体験《たいけん》をしてみたいと思《おも》わない?」

「新《あたら》しいって、どういうこと?」

「また地上《ちじょう》に、新《あたら》しく生《う》まれるということよ。ひとつの寿命《じゅみょう》を体験《たいけん》するの。どんなこともやってみる勇気《ゆうき》があれば、冒険《ぼうけん》を楽《たの》しむことができるわ。地上《ちじょう》でしか体験《たいけん》できないことが、たくさんあるのよ。さあ、坊《ぼう》やの希望《きぼう》を言《い》ってみて！」

「う〜ん。そうだなあ。青《あお》い大空《おおぞら》を飛《と》んでみたい。それと、もっとみんなと仲良《なかよ》くしたいよ！」

「オーケー。坊《ぼう》やにはなんでもできる力《ちから》が、ちゃんとあることを覚《おぼ》えていてね。きっとよ。思《おも》ったことは、叶《かな》ってしまうの。どんなときもあきらめないで、自分《じぶん》のことを信《しん》じるの。約束《やくそく》できるかしら？」

「うん、約束《やくそく》する！　自分《じぶん》を信《しん》じるんだね」

女神《めがみ》さまは、にっこりとほほえみを返《かえ》した。

「じゃあ、いってらっしゃい」

少年《しょうねん》は気《き》がつくと、シャボン玉《だま》のような水玉《みずたま》の中《なか》に入《はい》っていた。

周《まわ》りをよく見《み》ると、同《おな》じような玉《たま》がいくつも、ふわふわと浮《う》いていたのである。中《なか》に入っている子《こ》たちは、みんなニコニコしている。みんなもきっと、ボクと同《おな》じなのかな。新《あたら》しい体験《たいけん》をしに行《い》くのかな。どんなところへ行《い》くのだろう。楽《たの》しみだなあ。

「あっ、手招《てまね》きされた。ボクの順番《じゅんばん》が来《き》たんだね」

すーっと、少年《しょうねん》はなにかに吸《す》いこまれるような感覚《かんかく》を感《かん》じると、ぐるぐると回《まわ》りながら、どこかをめざすように降下《こうか》していった。その途中《とちゅう》で意識《いしき》が遠《とお》のくように、少年《しょうねん》は眠《ねむ》ってしまったようだ。

とても優《やさ》しいあたたかさに包《つつ》まれているのを感《かん》じて、目《め》を覚《さ》ました。なんともいえない安心感《あんしんかん》のなかにいた。夢中《むちゅう》でカラダを動《うご》かしていると、狭《せま》い空間《くうかん》から広《ひろ》い世界《せかい》へ。そう、無事《ぶじ》に卵《たまご》の殻《から》の外《そと》へと、出《で》ることができたのだ。おぼつかない足《あし》どりで、翼《つばさ》の元《もと》になる部分《ぶぶん》をばたつかせながら、「ピーピー」と鳴《な》いていた。どうやら、かつて少年《しょうねん》だったミシェルは、無事《ぶじ》にオウムの雛《ひな》として生《う》まれ変《か》わったようである。誕生《たんじょう》、おめでとう！　オウムのお母《かあ》さんは、生《う》まれたばかりの一羽《いちわ》のオウムの赤《あか》ちゃんに、しっかりと寄《よ》り添《そ》い、温《あたた》めていた。すくすくと元気《げんき》に育《そだ》ってくれることを願《ねが》って、お母《かあ》さんのオウムは愛情《あいじょう》いっぱい、エサを赤《あか》ちゃんにあげるので忙《いそが》しくしていた。やがてその赤《あか》ちゃんは、順調《じゅんちょう》に体重《たいじゅう》も増《ふ》え、真《ま》っ白《しろ》いオウムの姿《すがた》へと成長《せいちょう》した。

フレディは16歳《さい》の男子《だんし》。彼《かれ》は小《ちい》さいときから、歌《うた》うことや踊《おど》ることと、笑《わら》わせることが好《す》きな快活《かいかつ》な少年《しょうねん》だった。誰《だれ》かが喜《よろこ》んでくれることが、うれしかった。ある日《ひ》の学校《がっこう》から友《とも》だちと帰《かえ》る途中《とちゅう》、新《あたら》しくできた鳥専門《とりせんもん》のペットショップを見《み》つけ、早速《さっそく》お店《みせ》の中《なか》へと入《はい》ってみた。本当《ほんとう》に偶然《ぐうぜん》。でも、そこには、運命《うんめい》の出会《であ》いが待《ま》っていた。一羽《いちわ》の真《ま》っ白《しろ》いオウム、タイハクオウムとの出会《であ》いである。次《つぎ》の日《ひ》も次《つぎ》の日《ひ》も、彼《かれ》はそのショップに立《た》ち寄《よ》っては、一羽《いちわ》のオウムに話《はな》しかけていた。たぶんメスだろうと、ショップの店員《てんいん》さんは言《い》う。決《けっ》して安《やす》い買《か》いものではないことは、彼自身《かれじしん》、重々《じゅうじゅう》わかっていたのだけれど、どうしてもあきらめることができないでいた。ある日《ひ》、彼《かれ》は家族《かぞく》に相談《そうだん》することにした。

「どうしてもオウムを飼《か》いたいんだ。アルバイトでもなんでもするよ」

こうしてついにフレディの家《いえ》に、新《あたら》しい家族《かぞく》の一員《いちいん》として、一羽《いちわ》のオウムを迎《むか》えることとなったのである。オウムのお世話《せわ》は、もちろんフレディの担当《たんとう》に。でも、家族《かぞく》のみんなが、オウムとの生活《せいかつ》を楽《たの》しみにしていた。オウムが慣《な》れるまでは慎重《しんちょう》に、かまいすぎてストレスにならないように、触《さわ》りたくて仕方《しかた》がないのだけれど、そこはじっとガマンして。そして、オウムの名前《なまえ》は「ミシェル」に決《き》まった。

オウムはとても賢《かしこ》い生《い》き物《もの》といわれている。そして、別名《べつめい》、破壊《はかい》王《おう》とも。嘴《くちばし》の噛《か》む力《ちから》が強《つよ》く、おもちゃを壊《こわ》すことは朝飯前《あさめしまえ》のようで、木《き》をかじるのも大事《だいじ》な行動《こうどう》になっている。嘴《くちばし》が伸《の》びすぎるのを防《ふせ》ぐためにである。伸《の》びすぎてしまうと、エサを食《た》べることが困難《こんなん》になってしまうからだ。それと、雄《お》たけびも習性《しゅうせい》のひとつなので、ストレスになりそうなことは極力《きょくりょく》さけるように、オウムとの距離《きょり》の取《と》り方《かた》やルールなど、お互《たが》いに成長《せいちょう》できる関係《かんけい》を築《きず》いていけるといいのだけれど。とにかく、毎日《まいにち》がよりしあわせであるのが、なによりもうれしいと思《おも》う。今日《きょう》も最高《さいこう》～！　って。

フレディは音楽《おんがく》が大好《だいす》きだった。歌《うた》や踊《おど》りも得意《とくい》としていたので、学校《がっこう》でも人気者《にんきもの》になっていた。いつも家《いえ》で、ひとりで練習《れんしゅう》している。そんなフレディのことを、オウムのミシェルは当然見《とうぜんみ》ていたワケである。カンタンなあいさつ言葉《ことば》は教《おし》えたけれど、それ以外《いがい》は特《とく》に、教《おし》えることもしなかったフレディ。自分《じぶん》の練習《れんしゅう》を優先《ゆうせん》していたから。けれども、ミシェルの利口《りこう》さを知《し》る日《ひ》がやってきたようだ。

学校《がっこう》から帰宅《きたく》したフレディが、いつものように音楽《おんがく》を流《なが》しだすと、軽快《けいかい》なリズムに合《あ》わせてミシェルも体《からだ》を動《うご》かし始《はじ》めた。

「ミシェル、上手《じょうず》じゃないか！」

いつ覚《おぼ》えたのか、ノリノリで体《からだ》を動《うご》かすミシェルの動《うご》きに、フレディははしゃいでいた。これはもしかしたら、面白《おもしろ》いことになりそうだなとフレディは直感的《ちょっかんてき》に思《おも》った。歌《うた》とダンスをするオウム。いつか、友《とも》だちに披露《ひろう》できる日《ひ》を想像《そうぞう》してみる。フレディの頭《あたま》の中《なか》で、その光景《こうけい》が確《たし》かに再現《さいげん》できていた。最高《さいこう》に楽《たの》しい瞬間《しゅんかん》だった。

「ミシェル、いいぞ、その調子《ちょうし》だ！　ＯＫ」

フレディはいつしか、ミシェルとのダンスを動画《どうが》に撮影《さつえい》するようになっていた。歌《うた》とおしゃべり、歌《うた》とダンス、ミシェルだけの映像《えいぞう》などなど。動画《どうが》チャンネルを立《た》ち上《あ》げ、週一《しゅういち》ペースで投稿《とうこう》を続《つづ》けていく。そのチャンネルが友《とも》だちから徐々《じょじょ》に拡散《かくさん》され、気《き》がつけば、かなりの再生回数《さいせいかいすう》を伸《の》ばすまでになっていた。『友情《ゆうじょう》と絆《きずな》』チャンネルは、エンタメ部門《ぶもん》でも幅広《はばひろ》い年齢層《ねんれいそう》の間《あいだ》で、人気《にんき》チャンネルとして成長《せいちょう》したのである。

高校《こうこう》を卒業《そつぎょう》したフレディは大学《だいがく》へと進学《しんがく》し、学生生活《がくせいせいかつ》を満喫《まんきつ》していた。かわいくて目《め》が離《はな》せない彼女《かのじょ》もできた。サークルを立《た》ち上《あ》げたふたりは、ミシェルを連《つ》れて子《こ》どもの福祉施設《ふくししせつ》を訪問《ほうもん》し、子《こ》どもたちとの交流《こうりゅう》を広《ひろ》げていくようになっていた。一人《ひとり》っ子《こ》だったフレディは、子《こ》どもたちの喜《よろこ》ぶ顔《かお》に出会《であ》えるのが、なによりもうれしそうだ。彼女《かのじょ》の名前《なまえ》は〝イヴ〟。動物《どうぶつ》が大好《だいす》きなイヴは、子《こ》どもの頃《ころ》からずっと犬《いぬ》と暮《く》らしていた。マーフィは中型《ちゅうがた》シニア犬《けん》だが、とてもお利口《りこう》でひとが大好《だいす》きな犬《いぬ》だった。いつしか施設訪問時《しせつほうもんじ》には、マーフィも同伴《どうはん》するようになっていた。ミシェルとマーフィの相《あい》性《しょう》はもちろん良好《りょうこう》で、お互《たが》いに遊《あそ》び好《す》きなところもよく似《に》ていた。子《こ》どもたちと触《ふ》れ合《あ》える時間《じかん》、最初《さいしょ》は緊張《きんちょう》する様子《ようす》がうかがえるのだけれど、屈託《くったく》のない子《こ》どもたちとはすぐに打《う》ち解《と》け合《あ》い、いつも別《わか》れ際《ぎわ》はちょっぴり寂《さび》しそうにするのである。「また来《き》てね！」と子《こ》どもたちから手《て》を振《ふ》られると、尾《お》っぽを振《ふ》るマーフィ。ミシェルは「バイバイ、またね」と大《おお》きな声《こえ》であいさつをするんだ。

大学《だいがく》を卒業《そつぎょう》したふたりは、交際《こうさい》をつづけながらそれぞれの道《みち》を歩《あゆ》むこととなった。フレディは映像会社《えいぞうかいしゃ》へ就職《しゅうしょく》し、イヴは動物研究《どうぶつけんきゅう》者《しゃ》として大学院《だいがくいん》へと進《すす》んだ。子《こ》どもたちの施設訪問《しせつほうもん》の頻度《ひんど》は少《すく》なくなったのだが、呼《よ》ばれる機会《きかい》は増《ふ》えていたようだ。そんなふたりは、やがて結婚《けっこん》を決意《けつい》する。お互《たが》いの家族《かぞく》とミシェルを連《つ》れて、リゾートでも有名《ゆうめい》な島《しま》の教会《きょうかい》での挙式《きょしき》をあげることにしたふたり。そして、新婚旅行《しんこんりょこう》を終《お》えて戻《もど》ってから、友人《ゆうじん》たちとのパーティをする計画《けいかく》を立《た》てた。お似合《にあ》いのふたりを祝福《しゅくふく》しようと、友人《ゆうじん》たちはとっておきのサプライズを、ふたりには内緒《ないしょ》で準備《じゅんび》することにした。参《さん》加《か》する誰《だれ》もがそのパーティーを、楽《たの》しみにしていただろう。

ハワイ諸島《しょとう》の中《なか》のある島《しま》に、フレディとイヴ、それぞれの両親《りょうしん》、そして大事《だいじ》な家族《かぞく》の一員《いちいん》であるミシェルと共《とも》にやって来《き》た。イヴ家《け》の犬《いぬ》のマーフィは、シニアということで、大事《だいじ》をとって親戚《しんせき》の家《いえ》に預《あず》けられた。3泊《ぱく》4日《か》の大事《だいじ》な家族旅行《かぞくりょこう》。新郎新婦《しんろうしんぷ》の新《あたら》しい門出《かどで》を祝《いわ》う、素敵《すてき》なイベントのための滞在《たいざい》である。新郎新婦《しんろうしんぷ》になるふたりは、その島《しま》で最《もっと》も古《ふる》くに建《た》てられたという教会《きょうかい》を選《えら》んだ。見《み》た目《め》は、それなりに古《ふる》さを感《かん》じさせる教会《きょうかい》ではあったけれど、周囲《しゅうい》の景《け》色《しき》や雰囲気《ふんいき》、神父《しんぷ》さまも、心《こころ》が洗《あら》われるような素敵《すてき》な場所《ばしょ》に、ふたりの意見《いけん》は一致《いっち》したのだった。

結婚式当日《けっこんしきとうじつ》、雨《あめ》が止《や》むと、空《そら》に大《おお》きな虹《にじ》が現《あらわ》れた。パイプオルガンによる荘厳《そうごん》な音楽《おんがく》が、ふたりの式《しき》の幕開《まくあ》けとなった。純白《じゅんぱく》のウエディングドレスに身《み》を包《つつ》んだイヴは、タキシード姿《すがた》のフレディと見《み》つめ合《あ》い、極上《ごくじょう》のシアワセなほほえみがこぼれていた。ふたりの両《りょう》親《しん》とミシェルも、静《しず》かに見守《みまも》っている。神父《しんぷ》さまの穏《おだ》やかな声《こえ》が止《と》まると、新郎新婦《しんろうしんぷ》の永遠《えいえん》の誓《ちか》いの、長《なが》いキスが交《か》わされた。

その場《ば》に居合《いあ》わせた人《ひと》たちによる拍手《はくしゅ》が鳴《な》りやむと、ある音楽《おんがく》が始《はじ》まった。すると、オウムのミシェルが、新郎新婦《しんろうしんぷ》の前《まえ》に近《ちか》づいてきた。

「○＠。◇コングラッチュレーション！　ギャオ」

「I Was Born to Love You」のメロディに合《あ》わせて、ミシェルが歌《うた》いだした。

「僕《ぼく》は、キミを愛《あい》するために、今《いま》、ここにいるよ」

ミシェルに続《つづ》いて、新婦《しんぷ》のイヴも歌《うた》い出《だ》した。

「僕《ぼく》は、キミを愛《あい》するために、今《いま》、ここにいるよ」

フレディだけが、「信《しん》じられない」という驚《おどろ》きの表情《ひょうじょう》を見《み》せていたが、それはすぐに、うれしくて、シアワセの絶頂《ぜっちょう》に達《たっ》したかのような、温《あたた》かいものが頬《ほお》を濡《ぬ》らしていた。このサプライズは、フレディに内緒《ないしょ》でイヴが提案《ていあん》し、フレディのママとイヴがミシェルに特《とっ》訓《くん》をした成果《せいか》となった。ミッション大成功《だいせいこう》！　曲《きょく》が終《お》わると、ふたりはもう一度《いちど》、長《なが》いキスを交《か》わした。ミシェルもまだノリノリ気分《きぶん》で、余韻《よいん》を楽《たの》しむかのようにカラダを揺《ゆ》らすのだった。

無事《ぶじ》に挙式《きょしき》を終《お》えたふたりは、美《うつく》しい自然《しぜん》が存続《そんぞく》しているスポットを訪《おとず》れ、豊《ゆた》かな時間《じかん》を楽《たの》しんだ。その間《かん》、たくさんのお土産《みやげ》も買《か》い付《つ》けた。滞在最終日《たいざいさいしゅうび》、フレディ一行《いっこう》は島《しま》を去《さ》るのを惜《お》しみつつも、帰《かえ》りの飛行機《ひこうき》の搭乗手続《とうじょうてつづ》きを済《す》ませた。ミシェルだけは、ケージに入《はい》って別《べつ》に預《あず》けられ、しばしの別《わか》れとなる。

「ミシェル、無事《ぶじ》に着《つ》いたら、迎《むか》えにくるよ！　いい子《こ》でね」

「オッケー」

しかし、このあと、とんでもないことが起《お》きてしまうなんて、誰《だれ》が想像《そうぞう》していただろう。カミサマだけは、知《し》っていたのだろうか……。

無事《ぶじ》に挙式《きょしき》を終《お》えたフレディとイヴ、それぞれの両親《りょうしん》を乗《の》せた飛《ひ》行機《こうき》は、離陸後《りりくご》しばらくしてエンジントラブルを起《お》こし、最悪《さいあく》の事《じ》態《たい》ともいえる海《うみ》へと墜落《ついらく》してしまう大事故《だいじこ》となってしまったのである。乗客《じょうきゃく》・乗員《じょういん》ともに全員死亡《ぜんいんしぼう》は、ほぼ確実《かくじつ》と。すべてのご遺体回《いたいかい》収《しゅう》は、きわめてシビアで困難《こんなん》な状況《じょうきょう》という事態《じたい》が予測《よそく》された。この悲《かな》しいニュースを知《し》った、フレディたちの帰《かえ》りを楽《たの》しみに待《ま》っていた友人《ゆうじん》たちは、皆《みんな》、声《こえ》を失《うしな》い、深《ふか》い悲《かな》しみを受《う》け入《い》れるのは、たやすいことではなかっただろう。

フレディとイヴたちは瞬時《しゅんじ》の如《ごと》く、帰《かえ》りを待《ま》っていた友人《ゆうじん》たちとは違《ちが》う、別《べつ》の世界《せかい》へと連《つ》れて行《い》かれてしまったのである。もうひとつの光《ひかり》の世界《せかい》へ……。

三《さん》の章《しょう》　再会《さいかい》

フレディたちと同じ空港《くうこう》から別《べつ》の行先《いきさき》へと飛《と》び立《た》った飛行機《ひこうき》は、無事《ぶじ》に到着地《とうちゃくち》へと着陸《ちゃくりく》を果《は》たした。飛行機《ひこうき》から降《お》りた乗客《じょうきゃく》たちが、預《あず》けた荷物《にもつ》を受《う》け取《と》るために、専用《せんよう》のエリアで待機《たいき》していた。その中《なか》に、観光《かんこう》から帰国《きこく》したひとりの男性《だんせい》の姿《すがた》があった。自分《じぶん》の旅行《りょこう》バッグに違《ちが》いないことを確《たし》かめ、空港《くうこう》の出口《でぐち》へと向《む》かい始《はじ》めるが、エリアの少《すこ》し奥《おく》まった片隅《かたすみ》で、空港関係者《くうこうかんけいしゃ》と思《おも》われる男性《だんせい》たちの騒《さわ》がしい声《こえ》が気《き》になり、男性《だんせい》は思《おも》わず足《あし》を止《と》めた。

「どうするんだ、この鳥《とり》かご。伝票《でんぴょう》と飛行機《ひこうき》が違《ちが》うじゃないか。えらいミスだぞ」

そこへ、ひとりの男性職員《だんせいしょくいん》が困《こま》った表情《ひょうじょう》でやってきた。

「大変《たいへん》だ！　その荷物《にもつ》は、墜落《ついらく》した飛行機《ひこうき》の乗客《じょうきゃく》のものらしい。これから親戚等《しんせきとう》を探《さが》すにしても、時間《じかん》がかかることになるだろう。一《いち》時的《じてき》に預《あず》けるところを確保《かくほ》することのほうが、先決《せんけつ》かもしれない。困《こま》ったなあ。他《ほか》になにかよい手《て》だては考《かんが》えられないかね」

そのうちに、かごの中《なか》の鳥《とり》が鳴《な》きだした。かなりの大声《おおごえ》である。

「ここから出《だ》してちょうだい！　今《いま》すぐよ。はやく、お願《ねが》い。大好《だいす》きな友《とも》だちを助《たす》けに行《い》かなくっちゃ。本当《ほんとう》に飛行機《ひこうき》、落《お》ちたの？　ねえ、カギ、開《あ》けてってば！」

「この鳴《な》き声《ごえ》には、まいるなあ……可哀《かわい》そうだけど、どうすることもできないんだ」

「早急《そうきゅう》にキミの対策《たいさく》を考《かんが》えているところだよ。勘弁《かんべん》してくれ」

「フレディは、どこにいるの？　早《はや》く会《あ》いたいの。お願《ねが》い、出《だ》してー。大事《だいじ》な、本当《ほんとう》に大事《だいじ》な友《とも》だちなのよ」

他《ほか》の荷物《にもつ》の移動《いどう》やらで、どの職員《しょくいん》もバタバタとしている様子《ようす》であった。

その鳥《とり》の鳴《な》き声《ごえ》に、聞《き》き覚《おぼ》えがあった先《さき》ほどの男性《だんせい》は、ゆっくりとその場《ば》へと向《む》かって歩《ある》き始《はじ》めた。

「いったい、どうされたのですか」

空港職員《くうこうしょくいん》から一通《ひととお》りの説明《せつめい》を聞《き》いた男性《だんせい》は、自分《じぶん》でよければ、一時的《いちじてき》に鳥《とり》を預《あず》かってもよいことを伝《つた》えていた。その鳥《とり》かごには、鳥《とり》の名前《なまえ》と思《おも》われる〝ミシェル〟と書《か》かれた伝票《でんぴょう》がついていたのを、男性《だんせい》ははっきりと見《み》た。〝ミシェル〟とは、10歳《さい》で亡《な》くなった自分《じぶん》の息子《むすこ》の名前《なまえ》と同《おな》じだったのである。そして、かごに入《い》れられていた鳥《とり》は、息子《むすこ》が大事《だいじ》にしていたオウムと同《おな》じ種類《しゅるい》にちがいなかった。

「キミは、ジョフィなわけないよな。つい思《おも》い出《だ》してしまった……。ごめんよ」

そう、オウムに向《む》かって男性《だんせい》はつぶやいた。

この男性《だんせい》は、ミシェルのパパだったのである。なんという偶然《ぐうぜん》というか、天《てん》の計《はか》らいなのだろうか。ママにも先立《さきだ》たれ、パパはひとりで暮《く》らしていたのだった。久《ひさ》しぶりに休暇《きゅうか》を取《と》り、観光《かんこう》から戻《もど》ってきたのだが、一時的《いちじてき》とはいえ、まさかのオウムを引《ひ》き取《と》ることになろうとは思《おも》ってもみなかったはずである。荷物《にもつ》積みこみミスのおかげで、飛行機《ひこうき》の墜落事故《ついらくじこ》を免《まぬか》れ、唯一《ゆいいつ》生き残《のこ》ったオウムのミシェルとの暮《く》らしが始《はじ》まった。パパのささやかな暮《く》らしに、活気《かっき》が戻《もど》った。

息子《むすこ》と同《おな》じ名前《なまえ》のオウムとの生活《せいかつ》は、パパにとっては久《ひさ》しぶりに心《こころ》の安《やす》らぎと、あたたかさを感《かん》じるものとなっていた。部屋《へや》に飾《かざ》ってある家族《かぞく》の写真《しゃしん》を見《み》ながら、ふと昔《むかし》のことを思《おも》い出《だ》すことが多《おお》くなっていた。飛行機《ひこうき》の事故《じこ》から数《すう》か月《げつ》たったのち、パパは慰霊《いれい》を兼《か》ねて、オウムのミシェルが暮《く》らしていた場所《ばしょ》を、車《くるま》で訪《おとず》れることにした。鳥《とり》かごに残《のこ》された伝票《でんぴょう》からわずかに読《よ》み取《と》れる情報《じょうほう》を元《もと》に、ミシェルと共《とも》に出発《しゅっぱつ》するのであった。

大陸《たいりく》を横断《おうだん》するくらいの距離《きょり》であったが、無事《ぶじ》に慰霊《いれい》の旅《たび》を終《お》えることができたパパは、とてもほっとした安堵感《あんどかん》を感《かん》じていた。どこに行《い》っても、ミシェルはすぐに人気者《にんきもの》になった。また、奇跡《きせき》ともいえる出来事《できごと》もあった。ミシェルを知《し》っているという若者《わかもの》にも出《で》会《あ》ったのである。ミシェルもその彼《かれ》を覚《おぼ》えていたようで、しばし、再会《さいかい》のときを懐《なつ》かしむことができた。よかったね、ミシェル！フレディの友人《ゆうじん》かな。

旅先《たびさき》で、偶然《ぐうぜん》ミシェルの動画《どうが》があることを知《し》ったパパは、帰宅後《きたくご》動画《どうが》を見《み》ながら、ミシェルとその飼《か》い主《ぬし》や、その青年《せいねん》の活動《かつどう》を知《し》ることとなったのである。

「ミシェル、キミは正真正銘《しょうしんしょうめい》の人気者《にんきもの》だったんだね。まさにエンターテナーじゃないか。ボクの息子《むすこ》も、生《い》きていたら……。きっと同《おな》じようになっていたかもしれない。キミに会《あ》えたのは、偶然《ぐうぜん》だったのだろうか。本当《ほんとう》にキミに会《あ》えてうれしいよ！」

パパはそうミシェルに話《はな》しながら、目《め》からこぼれ落《お》ちる涙《なみだ》をぬぐうこともなく、ミシェルにそっと触《ふ》れていた。

パパは徐々《じょじょ》に不安《ふあん》を感《かん》じながら、体《からだ》の異変《いへん》に気《き》づき始《はじ》めていた。病魔《びょうま》というものが、少《すこ》しずつ少《すこ》しずつ、パパの体《からだ》をむしばんでいたのである。ミシェルとの生活《せいかつ》をいつまで続《つづ》けられるのだろうか。あとどれくらいのリミットがあるのだろう。そんなことを、パパは思《おも》うようになっていく。治療《ちりょう》するという選択肢《せんたくし》は、パパの頭《あたま》の中《なか》にはなかったのである。ひとり静《しず》かな最期《さいご》を望《のぞ》んでいたようだ。

ミシェルをひとり、残《のこ》すわけにはいかない。自分《じぶん》の体力《たいりょく》の限界《げんかい》を感《かん》じる前《まえ》に、ミシェルの行先《いきさき》をちゃんと考《かんが》えてあげないと……。そう思《おも》ったパパは、ジョフィと同《おな》じ行先《いきさき》を考《かんが》えていた。そう。バード・パラダイスだ。あそこなら、きっとミシェルも喜《よろこ》んでくれるだろうと思《おも》った。自分《じぶん》と同《おな》じ仲間《なかま》がいる場所《ばしょ》。ニンゲンとの生活《せいかつ》を離《はな》れ、仲間《なかま》と一緒《いっしょ》に自然《しぜん》の中《なか》でストレスなく、生涯《しょうがい》を終《お》えてほしい。そんなパパの思《おも》いを、ミシェルは受《う》け入《い》れてくれるだろうか。

パパは、バード・パラダイスの映像《えいぞう》を見《み》つけると、それをミシェルに見《み》せるようにしていた。見《み》せるだけではなく言葉《ことば》でも、パパの思《おも》いをきちんと伝《つた》えようとミシェルに正直《しょうじき》に向《む》き合《あ》うようにしていた。

「ミシェル、バード・パラダイスに、キミを連《つ》れて行《い》く。この場所《ばしょ》が、キミの永住《えいじゅう》の地《ち》になるんだ。僕《ぼく》は、ここが最期《さいご》の場所《ばしょ》なんだけどね。僕《ぼく》の最期《さいご》まで、キミを付《つ》き合《あ》わせることはできない。どうか、悪《わる》く思《おも》わないでおくれ。キミの仲間《なかま》と、きっとキミならうまくやっていけるだろう。僕《ぼく》は信《しん》じているよ！」

バード・パラダイスへの船《ふね》の段取《だんど》りを、パパはなんとか取《と》りつけることができた。そして、小《ちい》さな島《しま》へと向《む》かう日《ひ》がやってきた。

天候《てんこう》に恵《めぐ》まれたパパとミシェルは、予定通《よていどお》りにバード・パラダイスへと到着《とうちゃく》することができた。パパの体調《たいちょう》は芳《かんば》しくなかったのだが、それでもなんとか無事《ぶじ》に、ミシェルを連《つ》れてくることが叶《かな》ったのである。島《しま》の自然環境《しぜんかんきょう》は以前《いぜん》と変《か》わらず、美《うつく》しい森《もり》と海《うみ》に、パパは心《こころ》が洗《あら》われるような、清々《すがすが》しさを味《あじ》わっていた。いよいよミシェルとの別《わか》れの時《とき》が迫《せま》ってくる。ジョフィのことが、まるで昨日《きのう》のことのように、思《おも》い出《だ》された。

「ミシェル、さようなら。キミに会《あ》えて、一緒《いっしょ》に過《す》ごすことができて、僕《ぼく》はキミに心《こころ》からの感謝《かんしゃ》を伝《つた》えるよ。まるで息子《むすこ》と過《す》ごせたかのような日々《ひび》だった。本当《ほんとう》にありがとう。ミシェル、元気《げんき》でいてくれるのを祈《いの》っているよ。そして楽《たの》しい時間《じかん》を！　キミはもう、自由《じゆう》なんだ」

そよ風《かぜ》が、気持《きも》ちよく吹《ふ》いていた。森《もり》の奥《おく》から、鳥《とり》たちのおしゃべりする声《こえ》が聞《き》こえていた。日陰《ひかげ》で流木《りゅうぼく》の上《うえ》に腰《こし》かけたパパは、打《う》ち寄《よ》せる静《しず》かな波《なみ》の音《おと》を聞《き》きながら、ミシェルのバード・パラダイスでのこれからの生涯《しょうがい》を思《おも》い浮《う》かべていた。

「大丈夫《だいじょうぶ》！　きっとうまくいくさ。僕《ぼく》は信《しん》じてるよ」

残《のこ》されたミシェルの気持《きも》ちは、どんなものだったのだろうか。賢《かしこ》いミシェルのことだ。パパの思《おも》いをきっと、受《う》け止《と》めてくれていたのだと思《おも》いたい。ニンゲンと一緒《いっしょ》にずっと生《い》きてきたミシェル。でも、魂《たましい》は……。あの少年《しょうねん》、ミシェルと同《おな》じなのだ。大空《おおぞら》を飛《と》んでみたいと願《ねが》った少年《しょうねん》、ミシェルなのだ。

オウムのミシェルは、島《しま》を探検《たんけん》していた。初《はじ》めて見《み》る生《い》き物《もの》もたくさんいた。大《おお》きさも、色《いろ》も、鳴《な》き声《ごえ》もさまざま。小《ちい》さな池《いけ》を発見《はっけん》すると、ミシェルはその水《みず》を飲《の》んでみた。木《き》の枝《えだ》には、実《み》がついているものもあった。小《ちい》さな虫《むし》もいる。どうやら、餓死《がし》することはなさそうだ。ミシェルは、慎重《しんちょう》に単独行動《たんどくこうどう》を続《つづ》けていた。あるとき、色鮮《いろあざ》やかなインコたちの中《なか》に、真《ま》っ白《しろ》なオウムがいるのを発見《はっけん》する。ミシェルは遠巻《とおま》きに、その姿《すがた》を追《お》っていた。まるで、なにかのきっかけを待《ま》っているかのようだった。

「＊+&#=＊%^^♪～」

ミシェルは、得意《とくい》の歌《うた》とダンスを披露《ひろう》し始《はじ》めるのだった。披露《ひろう》するという意識《いしき》は、ミシェルにはなかったかもしれない。空腹感《くうふくかん》が満《み》たされて、気分《きぶん》も落《お》ち着《つ》いてきたら、自然《しぜん》と歌《うた》いだした。リズムをとりだした。そんな気《き》がする。ミシェルの陽気《ようき》なエネルギーが、周《まわ》りへと影響《えいきょう》を及《およ》ぼしたのだろうか。他《ほか》の鳥《とり》たちとの距離感《きょりかん》が、着実《ちゃくじつ》に縮《ちぢ》まっているようだった。そしてついに、ミシェルは、自分《じぶん》と同《おな》じ白《しろ》いオウムに、近《ちか》づいてみたくなった気持《きも》ちを自覚《じかく》することとなる。ノリノリ気分《きぶん》で歌《うた》い始《はじ》めた。

「こんにちは〜。美味《おい》しい食《た》べ物《もの》がある場所《ばしょ》、知《し》ってる？」

「オーケー。じゃあ、一緒《いっしょ》に行《い》こう。ついでに、仲間《なかま》にも紹介《しょうかい》するよ」

「他《ほか》にもいるの？　ありがとう」

オウムの仲間《なかま》に紹介《しょうかい》されたミシェルは、一羽《いちわ》のオウムがなぜか気《き》になった。ゆっくりとそのオウムのもとへ、ミシェルは近《ちか》づいていく。リズムをとって動《うご》きながら、

「こんにちは。はじめまして」

声《こえ》をかけられたオウムは、じっとミシェルのことを、しばらく見《み》つめていた。なにかを思《おも》い出《だ》すかのように、目《め》を閉《と》じた。

「こんにちは。楽《たの》しそうだね。ボクも踊《おど》っていたよ、昔《むかし》はね」

そう答《こた》えると、体《からだ》を動《うご》かし始《はじ》めた。そして、歌《うた》いだす。

「ビリージーン＊%&#＊♪〜」

二羽のオウムはお互《たが》いにリズムをとりながら、歌《うた》い、懐《なつ》かしさを感《かん》じていた。遠《とお》い過去《かこ》の、かけがえのない楽《たの》しかった日々《ひび》を。少年《しょうねん》ミシェルとジョフィとの間《あいだ》に育《はぐく》まれた友情《ゆうじょう》は、たしかに存在《そんざい》していたのだ。

ジョフィは、バード・パラダイスで暮《く》らすようになってから、どういうわけか、ペアになることはずっとなかった。いつの日《ひ》か、ベストフレンドが現《あらわ》れるのを待《ま》っていたのだろうか。ミシェルがやって来《き》てから、ジョフィは変化《へんか》しだしたようである。特別《とくべつ》な親《した》しみを感《かん》じるのか、ジョフィとミシェルはいつのまにかすっかり、お互《たが》いになくてはならない存在《そんざい》へと変《か》わっていた。ここ、バード・パラダイスが二羽《にわ》にとって、最後《さいご》の安住《あんじゅう》の地《ち》であり、本当《ほんとう》のパラダイスになったであろうことを祈《いの》りたい。

少年《しょうねん》ミシェルのパパとママ、フレディとイヴ、フレディのパパとママもきっときっと、二羽《にわ》のオウムのことをやさしく笑顔《えがお》で見《み》守《まも》っているはず。

すべての生《い》き物《もの》が、末永《すえなが》く、平穏《へいおん》でしあわせに過《す》ごせますように！

目《め》の前《まえ》に、誰《だれ》かがいるとき、動物《どうぶつ》でも植物《しょくぶつ》でも命《いのち》あるものすべて、見《み》えるものすべて、触《ふ》れているものすべて、この世界《せかい》のすべて、これらに対《たい》して、次《つぎ》のように思《おも》えたら……素敵《すてき》だと思《おも》いませんか！

「出会《であ》ってくれてありがとう。僕《ぼく》は、キミを愛《あい》するために、今《いま》、ここにいるよ」

「I was born to love you ♪」

「僕《ぼく》は、キミを愛《あい》するために、今《いま》、ここにいるよ」

完

あとがき

最後《さいご》まで読《よ》んでくださってありがとうございます。

命《いのち》、魂《たましい》の旅《たび》は一度《いちど》きりで終《お》わってしまうのではなく、ずっといつまでも好《す》きなだけつづけられたら面白《おもしろ》そうだし、より楽《たの》しめるものにしたいと思《おも》うのは、私《わたし》だけでしょうか。欲張《よくば》ってもいいんじゃないかな。そんなふうに思《おも》います。逆《ぎゃく》に、そんなにカンタンに、旅《たび》を終《お》わらせてくれないような気《き》もします。たくさんの体験《たいけん》をとおして、魂《たましい》が成長《せいちょう》するための学《まな》びが必要《ひつよう》なのかなと思《おも》うのです。誰《だれ》もがそれぞれの使命《しめい》をもって、生《い》きているのだと思《おも》います。誰《だれ》かと同《おな》じ人生《じんせい》を歩《あゆ》む話《はなし》、聞《き》いたことありますか。似《に》たような悩《なや》みを抱《かか》えることはあるかもしれませんが、やはり十人十色《じゅうにんといろ》なのではないでしょうか。自分《じぶん》を信《しん》じ、信頼《しんらい》して、自由《じゆう》に人生《じんせい》を創造《そうぞう》できることを楽《たの》しみたいものです。

私《わたし》がもしも次《つぎ》に生《う》まれ変《か》わることができるのなら、オウムになりたい！　今《いま》は、そんなふうに思《おも》っています。この先《さき》の人生《じんせい》に起《お》こる出来事《できごと》で、もしかしたら、オウムから他《ほか》のものに変《か》わることがあるかもしれませんが。

なにがあっても、大丈夫《だいじょうぶ》！　そう思《おも》えたら、心惹《こころひ》かれることにどんどんチャレンジしていきたいと思《おも》えるようになりました。ハートの声《こえ》を大事《だいじ》にしよう！　この感覚《かんかく》をつかむまで、ちょっと時間《じかん》が必要《ひつよう》でしたが、慣《な》れてしまえば、生《い》きていくことがとっても楽《らく》になりました。

それらを体験《たいけん》するために、わたしたちは生《う》まれてきたのだから。あなたもきっと、そうですよ。かけがえのないこの瞬間《しゅんかん》を、どう過《す》ごすのか。どんなときも、いつも自分《じぶん》で選択《せんたく》しています！

すべての命《いのち》が輝《かがや》いています。発光《はっこう》しているかのように。お互《たが》いに照《て》らし、照《て》らされる光《ひかり》のネットワーク。それはそれは、美《うつく》しい世界《せかい》に違《ちが》いありません。穏《おだ》やかな笑《わら》い声《ごえ》が、聞《き》こえてきませんか。

わたしにとって二冊目《にさつめ》となる小説《しょうせつ》、絵本《えほん》のときと同《おな》じClover出《しゅっ》版《ぱん》さまの小田《おだ》編集長《へんしゅうちょう》をはじめ、編集《へんしゅう》・出版《しゅっぱん》に関《かか》わってくださった皆《みな》さまに、この場《ば》を借《か》りまして、感謝《かんしゃ》の意《い》を捧《ささ》げます。また、表紙《ひょうし》のイラストを描《か》いてくださったAyumiさまへも、お礼《れい》と感謝《かんしゃ》をお伝《つた》えいたします。ありがたい連鎖《れんさ》に驚《おどろ》くばかりですが、これからも、胸《むね》が躍《おど》る気配《けはい》を察《さっ》しながら、日々《ひび》かけがえのない瞬間《しゅんかん》を全《まっと》うしていこうと思《おも》っております。

寄《よ》せては返《かえ》す波《なみ》のように、穏《おだ》やかなるときも、そうでないときも、ただ体験《たいけん》できることにヨロコビとともに、自分自身《じぶんじしん》を信《しん》じきることができますように。いつもの何気《なにげ》ない日常《にちじょう》こそを、丁寧《ていねい》に過《す》ごせますよう、意図《いと》していきたいと思《おも》います。

最後《さいご》にもうひとつだけ、もう一度《いちど》書《か》かせてください。命《いのち》の本質《ほんしつ》は愛《あい》そのものだとも言《い》われます。胸《むね》の奥《おく》に誰《だれ》もが持《も》っている想《おも》いとはきっと、ただ与《あた》えたい、愛《あい》を差《さ》し出《だ》したいという想《おも》いではないかと思《おも》っています。そのためにその都度《つど》、最適《さいてき》な存在《そんざい》として、人《ひと》も動物《どうぶつ》も植物《しょくぶつ》も目《め》の前《まえ》に現《あらわ》れてくれるのではないでしょうか。

本当《ほんとう》の自分《じぶん》は、いつもこう言《い》っているに違《ちが》いないと思《おも》うのです。

I was born to love you♪

「キミを愛《あい》したいんだ。だから僕《ぼく》は今《いま》、ここにいるよ」

宇宙規模《うちゅうきぼ》のあまりにも壮大《そうだい》な愛《あい》の世界《せかい》に、我々《われわれ》が実《じつ》は住《す》んでいるとしたら、なんだか嬉《うれ》しくなりました。何処《どこ》へ行《い》こうとも、愛《あい》がいっぱいの優《やさ》しい世界《せかい》でありますように。

ハレルヤ、ハレルヤ！

宙舞《そらまい》えみり

装画／Ayumi

宙舞えみり（そらまい・えみり）

命のヨロコビアーティスト
病院・介護・福祉施設等、様々な場で勤務した元ナース。リアルな生死の現場を経て、生きること、真理探究の学びを深める。50歳を過ぎて始めたダイビングに魅了され、素に戻れる自分を知る。今は、現実創造を楽しむ世界の住人となるべく情報を発信中。サイキックな一面を自ら認めることで、創造性が拡がり、2022年、絵本『虹いろのとびら』（小社刊）と小説『Someday, Somewhere!』（幻冬舎刊）を出版。今後は音楽を通して「思考を超えた宇宙脳で生きる！」を表現していきたい。

ここにいるよ

初版1刷発行 ● 2023年9月14日

著者
宙舞《そらまい》 えみり

発行者
小川 泰史

発行所
株式会社Clover出版
〒101-0051 東京都千代田区神田神保町3丁目27番地8　三輪ビル5階
Tel.03(6910)0605　Fax.03(6910)0606　http://cloverpub.jp

印刷所
日経印刷株式会社

ISBN978-4-86734-174-2　C0095

本文デザイン・DTP ／白石知美・安田浩也
編集補助／大江奈保子
編集／小田実紀